教訓も、癒《いや》しも、勝ち負けも、魔法も、無い。あるのは……何にも無くて

がきにかえて　ビートたけし

少年時代から、
俺の周りにいた、
酔っ払い、
頑固オヤジ、
セールスマン、
ヤクザ、
自称金持ち、
お巡りさん、
失業者、田舎の子、
バスガイド、
正体不明の女……
いろんな人にしゃべったり、
聞いたりした話です。

ビートたけし童話集　路に落ちてた月

目次

とぼとぼ、

なぜか?

ざらざら、

そうっと、

ずっと、

静かに、

なかなか、

でも、

急に、

かもわかんない。

北風も太陽も　206

童話チャンチャカ　208

そして、おまけ。

とぼとぼ、

……のようなもの

ある男が道を歩いていると、犬の糞《ふん》のようなものが落っこっていた。

よく見ると、やっぱり犬の糞で、臭いをかいだらやっぱり糞で、指で触ったら、やっぱりうんちで、舐《な》めてみたらうんこで……

あー、よかった踏まなくて。

男は安心して歩き出した。

武くんの子犬

武くんが子犬を拾ってきた。
母親に、「飼って良いか」と聞くと、
「そんな汚い犬捨ててきなさい」と言われ、武くんは、犬を捨てに行った。
しかし子犬は、武くんの家をおぼえてしまい、何度捨てに行っても家に帰ってくる。
怒った母親は、武くんに、
「犬が家を分からなくなるように、もっと遠くに捨ててきなさい」と言った。
武くんは犬を連れて、家から何時間もかかるところまで捨てに行った。
ところが、武くんが自分の家がどっちなのか分からなくなってしまった。
すると、犬がスタスタと武くんの家のほうに歩き出した。
武くんは犬について家まで無事に帰れた。

その事を聞いた母親は、それ以来、その汚い子犬を名犬だと言って、とても可愛がった。

太郎と次郎の十年後

「しっかり、世話するんだよ」

ある男の子が、お爺《じい》さんから牛を二頭もらいました。

男の子は、牛の名前を、それぞれ太郎、次郎と名付けました。

太郎は、男の子が一生懸命育てると、その子に懐《なつ》き、ご飯もたくさん食べました。

あまり良い牛なので、男の子も一生懸命毛づくろいをしたり、洗ったり、干草をたっぷりあげました。

でも、次郎のほうは気性が荒く、男の子がちょっと触ろうとしようものなら怒り、辺りを散らかし、困らせてばかりです。そして、いつまで経っても餌《えさ》をたくさん食べません。

十年が過ぎました。

太郎は、丸々と太った立派な牛に育ち、高い値段で売られて行きました。

次郎は、相変わらず痩《や》せていたので、買い手も無く、のんびりと畑で寝転んで暮らしました。

ただ一つの願い

あるところに、一人の貧しい青年がいた。

学歴もなく、これといった取り柄も無く、青年は、人生に絶望して手首を切って死のうと思った。

すると、神様が現われ、こう告げた。

「いいか、そんな、人生絶望しちゃいけない。三つだけ、お前の願いを叶えてやる。それでちゃんと生きなさい。金持ちになりたいのか、女の子にもてたいのか、皆に尊敬されたいのか、なんでもいい、三つだけ叶えてやる」

「三つなんていりません、一つだけでいいんです」

青年は答える。神様は欲張らない良い青年だと思い、尋ねた。

「それはなんだい？」

「一生、楽しく暮らさせてください」

それを聞き、神様は、とぼとぼと部屋から出て行った。

環境破壊

ある街に、仲の良い親子が暮らしていました。

「父ちゃん、これ食べて良い？」

「気楽に手出すんじゃない、何かかけてあるぞ、薬がかけてあるかもしれない」

「父ちゃん、あれなんだろう、行ってみようよ」

「そこを歩くんじゃない、罠《わな》が仕掛けてある」

「父ちゃん、これは？」

「そんなもん踏んづけるな、大変な事になるぞ、そこに捕まったら腐ってしまうんだ。まったく昔は良かったなあ。今の家ときたら、なんだい、毎日掃除しているし、食べ物はビニールの中に入れて捨てるし、消臭剤までかけてしまうし、我々のあの素晴らしい世界はどこにいってしまったんだろう」

「父ちゃん、家にいるばっかりじゃつまんないよ。外に遊びに行こう」

「ちょっと待て、こんな路地はダメだ、昔は酔っ払いがゲロ吐いたり、立小便したところだったのに、なんだい、皆気取りやがって。魚が落ちていたり、食いかけのもんがいつまでも残ってたのに。最近じゃ、清掃車が来て持ってってしまうし、まして食えるもんと食えないもんをビニールの袋に分けて入れやがって、どうなってるんだ、いったい」

「父ちゃん、どうして住みにくい世の中になってしまったんだろう」

「それは、毎朝清掃車が来て、ゴミを片付けてしまうからだ。昔はそのへんに美味《おい》しいもんがたくさん落ちてたじゃないか。ダメだ、もうこの街は」

そして、ゴキブリの親子は、とぼとぼ歩いて街を後にしました。

証明できないこと

童話を読んだ子供達、それぞれウサギと亀を持って来て、

「絶対に、亀がウサギに勝つ」

「いや、どうやったってウサギのほうが速いよ」

すると、亀を持って来た子供、

「冗談じゃない。ちゃんと本に書いてあった。一生懸命歩いている亀が昼寝してるウサギを追い抜いてしまうんだ」

同時に離すと、亀は池に、ウサギは山に行っただけで競走にならなかった。

二宮金次郎へ

薪《まき》しょって、本読んで勉強しながら歩いてた?
ただのフリーターじゃないのか。

なぜか？

良い子

良男《よしお》くんは、近所でも評判の子供です。

素直で優しくて、人の言う事もよく聞き、人をよく気遣《づか》い、誰にでも親切で、近所では有名な子供でした。いつも、それを皆に誉められました。

本人も、それがよく分かっているから、皆の期待を裏切らない事が良男くんの生き甲斐でした。

ある日、良男くんが学校に行く途中に、道路の向こうからみすぼらしい格好のお爺さんが、とぼとぼとぼとぼとぼ歩いて来ました。

見たところ、そのお爺さんは何も食べていないように思い、良男くんはいきなり、自分の持っていたお弁当をランドセルから出しました。

「おじいさん、お腹減ってるんでしょ。これを食べてください。僕はお昼、いらないから」

と言うと、そのお爺さんは、

「人を見かけで判断するんじゃない、コノヤロウ」

良男くんを殴《なぐ》りました。

転《ころ》んだ、二人の男

ある町外れの道に、バナナの皮が落ちていた。

そこを通りかかった、どこをとっても十人並みの男、スッテンコロリンと滑《すべ》って転《ころ》んだ。

町の人達は、あれは痛そうだと同情する者、何の関心も示さない者。

またあるとき、そこを通りかかった、大金持ちで地位も名誉もある男、スッテンコロリンと滑って転んだ。

町の人達は、一人残らず笑った。

武くんの疑問・1

武くんはいつも母親に、

「分からない事があったらお年寄りに聞きなさい、長く生きてる分、色々な事を良く知っているから」と言われていました。

武くんは、その当時悪い友達がいて、物を盗んだり、弱い子をいじめたりしていましたが、あるとき急に母親の話を思い出し、近所にいるお爺さんに、悪い事をどうやって止《や》めようかと聞きました。

するとお爺さんは、

「欲しい物は欲しい、嫌いな奴は嫌いなんだから今までどおりで良い」と言いました。

武くんは安心して悪い事をして遂《つい》に警察に捕まりました。

お爺さんは、当時ボケ老人だったのです。

武くんの疑問・2

武くんはいつも母親に、
「勉強しなさい」と怒られていました。
「なんで勉強しなきゃいけないの?」と聞くと、母親は呆《あき》れたように、
「勉強して偉くなって、そしたら一生寝て暮らせるようになれるんだ」と言いました。
武くんは近所にいる寝たきり老人の家に行って、聞きました。
「お爺さんは子供のとき勉強したんだ?」

武くんの疑問・3

よく、「お前はケツの穴の小さい奴だ」と叱《しか》られるけど、「あいつはケツの穴の大きい奴だ」と誉められた人はいるのかな？

どうしてクジラだけ

クジラだけが、特別に人間に優遇され、助けられている。

これを知った他の動物が、文句を言いに苦情係の窓口を訪れました。

「我々も助けて欲しい。我々だってクジラと同じです。人間に害を与えたりしてないじゃないですか」

こうして、たくさんの動物や昆虫が順番にやって来ましたが、最後に、ハエの番になりました。

「私達だって生きているのに、どうして私達は殺されるのでしょうか」

窓口の人は答えました。

「お前達は、病原菌を運ぶからだ」

ハエは反論します。

「だけど、今の時代に汚いものなんて無いじゃないですか。私達が集《たか》るような菌は、もういないのに」

窓口の人は答えました。

「お前達は、ブンブン飛んでうるさいからだ」

ハエは、しつこく食い下がります。

「だけど、ミツバチはどうなんでしょう。彼らもブンブン飛びますよ」

それを聞きつけたミツバチも、飛んで来ました。

「冗談じゃない、俺達は巣箱なんかに押し込められ、一生懸命、蜜作ったら、今度はそれを人間に採《と》ってかれるんだ」

鶯《うぐいす》の混乱

ある日、所《ところ》とゴルフに行った。

ホーホケキョー、ホーホケキョー、と、鳴く鶯。

「うるさいなあ」

そう言って、所は鶯の真似《まね》をした。

「ホーっ」

と鳴いたら鶯は、

「ホケホケー」とどもってしまった。

みにくいあひるの子は……

みにくいあひるの子が、あるとき、池に映った自分の姿を見たら、大きなあひるの、みにくい姿でした。

クマの恩返し

ある男が、小さな、傷ついたクマを助けました。

十年後、その男が川にシャケを取りに行くと、確かに見覚えのある、目の下に白い毛の生《は》えたクマがいました。

「あっ、このクマは、十年前、俺が山で助けたクマだ」

男は、そう確信しました。

クマがシャケをくわえて男のほうに近寄って来ました。

かつて自分を助けた男を見つけ、クマはシャケを口から離しました。シャケを男の足元に置いたのです。

「きっと、このシャケは、いつかの御礼のつもりなんだろう」

男がそう思った瞬間、クマは男を食おうとしました。

動物学者

ライオンとトラ、どっちが強いんだろう?

一人の学者は「ライオンだ」と言い、もう一人の学者は「トラだ」と言います。

「だったら、どちらが強いか闘わせよう」

広場に連れてこられたライオンとトラの檻《おり》を、それぞれ贔屓《ひいき》にしている学者が同時に開けました。

そして、彼らは同時に食われてしまいました。

山手線じゃんけん

じゃんけん、駅員！
じゃんけん、ゲロ！
じゃんけん、ヤクザ！

駅員はゲロに強くて、ゲロはヤクザに強くて、ヤクザは駅員に強い。

業務上過失致死

ある死刑囚が、絞首刑《こうしゅけい》で死ぬ事になった。

ダン、

と、床を落としたらロープが切れ、その死刑囚は頭を打ち、死んでしまった。

看守は、業務上過失致死で捕まるのだろうか？

どちらを選ぶか？

大きい葛篭《つづら》と小さい葛篭、どちらを選ぶか？
正直婆さんは「小さいほう」を選び、意地悪婆さんは「大きいほう」と言いました。
昔話では、そういうふうに言う事になっています。
でも、どちらの婆さんが本当に正直者なんでしょうか。

ゴールドラッシュ

カリフォルニアに大金持ちがいて、その家族に聞いたら、先祖が1849年のゴールドラッシュで大儲《もう》けしたらしい。

金《きん》を掘って儲けた奴はほとんどいないという話があるが、

「先祖は金鉱でも見つけたのか」と聞くと、

「違う」と言う。

「砂金や金を安く買って、高く売ったのか」と聞くと、

「違う」と言う。

「じゃあどうやって儲けたんだ」と聞くと、

「金を掘る道具を売って巨万の富を築いた」と言った。

ざらざら、

神様のおかげ

あるところに、大変親切なお爺さんがいました。

困っている人がいるとお金をあげたり、物をあげてしまい、いつも貧乏でしたが、本人は平気でした。

しかし、ある日お婆さんが病気になってしまい、手術代にたくさんのお金が必要になりました。

お爺さんは困ってしまい、昔、お金をあげたり、物をあげたりした人達に頼みに行きましたが、皆、お爺さんの恩を忘れて何もしてくれません。

困ったお爺さんは神様に祈りました。

〃私は皆に親切にしてきました、お願いです神様、助けてください〃

すると、とぼとぼ、道をお爺さんが歩いていると百円が落ちていました。

これは神様のおかげだ、これで宝くじ一枚買おう、お爺さんは思いました。

そして、くじを一枚買いました。
そして抽選日、お爺さんが新聞を見ると当たっていませんでした。

優しい人

鯉《こい》を捕ろうとした漁師が、網を仕掛けました。

ガーッと網を引き上げてみると、その中には、フナやドジョウも入っていました。その漁師は、鯉だけとって、あとは川に、ぽんぽんぽんぽん捨てました。

フナやドジョウは、

〝なんて優しい人なんだろう、この人は私達を助けてくれたんだ〟と感謝しました。

でも、その漁師にしてみると、そんな事は、まるきり思ってもいない事でした。

ただ、フナやドジョウが要《い》らなかったから捨てた、それだけの事でした。

健忘症

最近、どうも物忘れが激しいので、医者に診《み》てもらおうと思った。
靴を履いて外に出た……、なんで俺は外に出たんだ？

律儀なねずみ

お爺さんとお婆さんがいました。

あるとき、二人は傷ついたねずみを助けてやりました。

すると何日か経ったある日、ねずみが仲間のゴキブリやハエ、ノミ、シラミ、ダニ、などの友達を連れてお礼に来ました。

お爺さん達はまた、親切に皆をもてなしました。

そして数日後、お爺さんとお婆さんは伝染病で死にました。

池の神様

ある村に、大きな工場がやって来ました。

その工場は、村人の勤め先にもなり、村は大変に潤《うるお》い、村人達は喜びました。

しかし、その工場からは、産業廃棄物が一杯出ました。けれども、それを捨てるところがありません。

村人達は、村の真ん中にある大きな池に捨てました。

じゃんじゃんじゃんじゃんゴミを捨てました。

ある日、池の神様が現われ、村人に、

「こんな事をしていると、自然がダメになるよ」と告げました。

けれども、村人達は言う事を聞きません。

また、池にじゃんじゃんじゃんじゃんゴミを捨てました。

そして一年後——。

池には、フナ、コイ、エビ、カメ、あらゆる池の生物が死んで、浮いて来ました。
それでも、村人達はお金の為、じゃんじゃんじゃんじゃんゴミを捨てました。
そして、また何年か経ったある日、池の神様が浮いて来ました。

昔話ではよく……1

昔話ではよく、どうしていつも、意地悪婆さん爺さんと、正直婆さん爺さんが対比されるんだろう?

正直に対しては不正直であるはずで、意地悪の反対は親切であるべきなのに。

「なんだこんなもの食わせやがって、もっといいもん食わせろ」と言う婆さんがいて、「いつもすまないねえ」と言う婆さんがいて。

昔話では、前者の婆さんが意地悪で、後者の婆さんが正直者ということになる。

どうしてそんなことになったんだ?

嘘つき婆さんと正直婆さん

昔、あるところに有名な嘘つき婆さんがいました。

本当に嘘ばかりついている婆さんです。ガン患者に、

「あんたは、ガンじゃない、胃潰瘍だよ」と言い、馬鹿な奴には、

「あんたには才能があるんだから、頑張ればどうにかなるよ」と言います。

全部嘘です。けれども、言われたほうにとっては良い事ばかりです。

もう一人、あるところに有名な正直婆さんがいました。

本当に正直な事しか言わない婆さんです。ガン患者に、

「これ食べなさい、末期ガンだって大丈夫だから食べられるよ」と言い、馬鹿な奴には、

「あんた、ダメだよ、いくらやったって。生きてるだけで充分だよ」と言います。

全部本当です。けれども、言われたほうにとっては厳しい事ばかりです。

どちらの婆さんが良いのでしょうか？

そうっと、

かくれんぼ

子供のとき、かくれんぼしたら、山田くんがなかなか見つからなかった。

夜になったので、家に帰ってその事は忘れていた。

そのあと村では、山田くんがいなくなって、神隠しにあったという事になった。

大人になって、もうその事は忘れてしまったが、ある日、会社に行く山手線でこっちを見てる奴が気になった。

よく見ると、山田に似てる奴なので、

「山田か」と聞いた。

「ああ、見っかっちゃった、こんどは僕が鬼だ」

師匠の靴下

ある大阪の大御所お笑い芸人が、弟子《でし》と一緒に新幹線に乗った。

最初に、弟子がトイレに入ったところ、ちょうどトイレットペーパーが無く、用を足《た》さずに諦《あきら》め、そっと出て来た。

席に戻ると、今度は師匠が立ち上がり、トイレに入っていくではないか。

あっ、大だったらまずいなあ、と思ったが師匠はなかなかトイレから出て来ない。

あっ、紙が無くて困ってるんだ、と思い、弟子はトイレの外でティッシュを持ち待っていた。

すると、師匠は平気な顔をして出て来る。

なんだ大丈夫だったんだ、師匠はティッシュを持ってたんだな、と思い、何気なく後ろ姿を見たら、師匠は右の靴下を穿《は》いていなかった。

白雪姫・1

お妃《きさき》が尋ねました。

「鏡よ鏡、世界で一番美しいのは、だーれ?」

鏡は答えます。

「白雪姫です」

お妃はまた、尋ねました。

「もう一度聞くよ、世界で一番美しいのは、だーれ?」

鏡は答えます。

「白雪姫です」

お妃は、

「なんだこの鏡は!」

と怒り、鏡を叩き割りました。

すると、その後ろには、鼻血を出した白雪姫が立っていました。

白雪姫・2

白雪姫が尋ねました。

「鏡よ鏡、世界で一番美しいのは、だーれ?」

鏡は答えます。

「それは、お妃さまです」

「……お妃さま出て来なさい」

すると、鏡の後ろからお妃が、頭を掻きながら出て来ました。

そうっと、

お葬式の後で

葬式の日、死んだ男の会社の関係者や友人や親戚が、皆集まって泣いた。

一人の娘が立ち上がって、怒った。

「あんたたち、わざとこんなに悲しんだりして、どうせお父さんの財産狙ってるんでしょ。

そんな人は全部帰って」

そう言ったら、全員いなくなった。

そして、最後に残った娘も帰ろうとした。

ずっと、

夜の向日葵《ひまわり》

ある男が、向日葵をずっと見ていた。
向日葵は、太陽に向かっていつも花を咲かせている。
確かに、そうだ、太陽の方向だ。
良い花だ、でも、男は疑問に思った。
向日葵は、夜はどうしているんだろう？
何を見ているんだろう？
そして、夜、暗くなってから、男は自分の部屋の窓からそっと向日葵を見た。
こっちを見てる！
自分の部屋の電気が点《つ》いているからだと、男は何時《いつ》になったら気がつくだろう。

師匠と弟子《でし》

ある弟子が師匠に「どんな芸人になったら良いか」と聞いた。
師匠が言うには、芸人は常に安定した人気を持たないといけない。
パッと出てパっと消えて行くような奴はだめだ、
俺みたいにどんな時代でもどんな奴が出てきても、
変わらない人気を保つ、これが大事なことだ。
食べ物で言えば、御飯。
時代が変わっても、どんな料理が流行《はや》っても、日本人にとって御飯だけはやめられない。
パッと出の芸人なんてのはオカズだ、好き、嫌い、されるし、流行りもある、
しかし御飯だけはあきられない。
弟子は感動して師匠の話を聞いていた、何年か経って、なぜか、

その師匠の人気が無くなっていた、弟子はまた師匠に尋ねた、
「どうしたんですか、師匠は御飯のような芸人でしょう」
すると師匠、
「バカヤロウ、貧乏人に熱いお茶かけられて、さっさと食われた」

パブロフさん

パブロフさんというおじさんが、毎朝六時になると起きて、ベルを鳴らし、ドアを開けて、犬に餌《えさ》をあげていました。

毎朝それを続けると、そのうち犬はベルの音を聞いただけで、ヨダレを流しました。

これを何カ月も続けているうちに、犬は死んでしまいました。

犬が死んだ後も、パブロフさんは、毎朝六時になると起きて、ベルを鳴らし、ドアを開けて、犬が来るのを待っていました。

駅前の忠犬

毎日毎日、夕方になると駅前にご主人様を迎えに行く犬がいました。

悲しいことに、ご主人様はもう帰らぬ人になってしまいましたが、それでも犬は毎日毎日、夕方になると駅前で待っています。

人は、その犬を忠犬だと言って誉めました。自分もこんな犬を飼ってみたいものだと。

でも、本当は、毎日駅前で餌をくれるおばさんがいた。ただ、それだけの事でした。

計算違い

玉の飛ばない、プロゴルファーがいました。

ドライバーでもアイアンでも、あと、五〇ヤード余計に飛んだら、俺は絶対にマスターズで勝てるのにと思い、神様にお願いしました。

「どうか、あと、五〇ヤード飛びますように」

神様は、その願いを叶えてやる事にしました。

プロゴルファーのドライバーは、いつもは二三〇ヤード。しかし、打ったら二八〇ヤード飛びました。残りは一七〇ヤードです。

でも、五〇ヤード余計に飛ぶ計算をしなくてはなりません。プロゴルファーは、残りは一二〇ヤードだと思い、ピッチングウェッジを使って打ちました。

ボールは、グリーンに綺麗に乗りました。

そこで、一〇ヤードのパットだと言われ、プロゴルファーは青ざめました。

「五〇ヤード余計に飛んでしまうのに……」

結局、パターしたら、六〇ヤード飛んでしまいました。

プロゴルファーは、永遠にコースから戻って来られなくなりました。

未解決事件

昔、あるところに、お爺さんとお婆さんが住んでいました。

しかし、最近二人の姿が見えないので、村の人が家に行くと、二人は殺されていました。

犯人は未《いま》だに分かりません。

「鳴かぬなら」シリーズ

信長は、「鳴かぬなら、殺してしまえホトトギス」と言った。
秀吉は、「鳴かぬなら、鳴かせてみせようホトトギス」と言った。
家康は、「鳴かぬなら、鳴くまで待とうホトトギス」と言った。
長嶋さんは、「鳴かぬなら、自分が鳴きますホトトギス」と言った。

カッコウと百舌鳥《もず》の腐れ縁

遠い昔から、ある森に暮らす、カッコウと百舌鳥という二羽の鳥がいました。

カッコウは百舌鳥のところに、自分が産んだ卵を置いては、逃げて来ます。その卵は百舌鳥の本当の卵よりも早く孵《かえ》るので、百舌鳥は、カッコウの雛《ひな》を自分の子供だと思い込み、餌をやり、一生懸命育てます。カッコウはその様子をじっと見ています。

しばらくすると、今度は、百舌鳥の本当の卵が孵ります。そうすると、カッコウの雛は、これから生まれようとする百舌鳥の卵を背中に載せ、巣の外に捨ててしまいます。

カッコウの雛はどんどん育ち、百舌鳥は自分よりも体の大きくなったカッコウに餌をあげ、それは、カッコウの雛が巣から飛び立つまで続きます。

どうして、カッコウは自分で卵を温めないのでしょう。

カッコウは、夜になると体温が下がり、卵を孵化《ふか》させる事ができないからです。

けれど、百舌鳥も自分の卵を捨てられ、黙ってはいません。

百舌鳥は、自分の産む卵に柄《がら》をつけました。さっそく、カッコウはそれと同じ柄の卵を産みます。

その繰り返しが、未だに続いています。

お名前は？

新珠《あらたま》三千代さんが地方で映画のロケ中、顔を蜂に刺されてしまい、驚いたマネージャーが、すぐタクシーを呼び、病院に向かった。

ところがタクシーの運転手、あの有名な新珠さんを乗せ、あがってしまい、急いでる事もあって、病院は病院でも精神病院に連れて行ってしまった。

先生の前に連れて行かれた新珠さんは、蜂に刺された顔をおさえ、下を向いていた。

先生に、

「お名前は？」と聞かれ、

「新珠三千代です」と答えると、先生、マネージャーに向かって、

「いつ頃からそんな事言うようになったんですか？」

ずっと、

静かに、

成長する餌《えさ》

ある釣り人がいました。

魚を釣っているんだけれど、餌が小さいのか、大した魚が釣れません。ふと、隣の釣り人を見ると、大きな餌をつけています。

「あー、そうか、でかい餌つければいいんだ」

釣り人は、思いつきました。

ちょっと大きな餌をつけたら、やや大きな魚が釣れました。

さらに大きな餌をつけたら、さっきよりも、もっと大きな魚が釣れました。

「じゃー、もっと大きな餌つけてみよう、ものすごいでかい魚を餌にしてみたらどうだろう?」

釣り人は、我ながら名案と思いました。

するとどうでしょう、パタッと魚は釣れなくなったのです。

「やっぱり、ある程度は限度があるんだろうか」

釣り人は、首をひねりました。

そこで、何度となく餌を引き上げてみると、その度に餌が大きくなっていくのです。

餌が魚を食っていたのでした。

最終回

名も無い、一人の野球選手がいました。

高校でも、大学でも有名ではありませんでしたが、苦労を重ね、プロ野球選手になりました。けれども、プロになってからもずっと二軍でした。また苦労に苦労を重ね、一軍に上がりました。それでも、活躍しなければレギュラーにはなれません。

野球選手は、そのチャンスをずっと待っていました。

自分はやっぱりダメなんだろうか？　そう思った矢先の事でした。

0対0で迎えた最終回。

野球選手のチームは、すでに選手を使い果たしてしまい、遂《つい》に、彼に代打のチャンスが巡ってきたのです。野球選手は、それまで神様にすがった事など一度もありませんでした。

2アウト満塁。

バッターボックスに立ち、彼は初めて神に祈りました。

〝頼む、死んでもいい、とにかく一点入れさせてくれ、私はヒーローになりたいんだ。そしたら、一生あなたを信用します〟

運命の一球。

ピッチャーが投げた強烈なデッドボールが、頭に当たり、野球選手は死んでしまいました。

そして、一点が入りました。

サンタクロース・1

あるクリスマス・イブの夜の事。

「今日はサンタが来るよ」

親子三人が、暖炉《だんろ》の前で体を寄せ合い、待っていた。

けれども、待っても待っても、サンタはやって来なかった。

「どうしたんだろうなあ」

そのうち、家族は眠るように死んでしまった。

警察が来て、原因を調べたら、煙突にサンタが詰まっていた。

一酸化炭素中毒だった。

サンタクロース・2

あるクリスマス・イブの夜の事。

「今日はサンタが来るよ」

親子三人が、暖炉の前で体を寄せ合い、待っていた。

けれども、待っても待っても、サンタはやって来なかった。

「どうしたんだろうなあ」

その頃サンタは、雪の中、道に迷い、遭難していた。

救助隊が、やっと、サンタを見つけた。

サンタは髭《ひげ》ぼうぼうで、子供たちへのプレゼントも皆食ってしまい、隣にはトナカイの骨が散乱していた。

野次《やじ》

ある手話の大会で、講演中にもかかわらず、客席で一人だけ大げさな身振りで手話をしている人がいた。

「あの人はどうしたんですか？」と尋ねると、隣の人が教えてくれた。

「野次です」

ある教室で・1

美術の時間のこと。
先生が教室に入ってくると、黒板にヌードの落書きがあった。
先生は、
「誰だ、こんなことした奴は、ダメじゃないか」と言って、毛を書き足した。

ある教室で・2

ホームルームの時間のこと。

先生が険《けわ》しい顔で教室に入ってきた。

「おい、お前たち、大変な事になってるぞ、昨日、隣の高校生と喧嘩《ケンカ》して、ケガさせたのは……私です」

なかなか、

お返ししたかったねこ

あるお爺さんが、お腹がすいていた一匹のねこに、マタタビをあげました。
あくる日、そのねこは、お礼にネズミをくわえてやって来ました。
お爺さんは、ねこを誉めてやりました。マタタビをあげました。
そのあくる日、ねこは、そのお礼にスズメを持って来ました。
お爺さんは、ねこを誉めてやりました。マタタビをあげました。
そのまたあくる日、ねこは、今度はメザシを持って来ました。
お爺さんは、ねこを誉めてやりました。マタタビをあげました。
そのまたあくる日、ねこは、今度はサンマを持って来ました。
お爺さんは、ねこを誉めてやりました。マタタビをあげました。
そのまたあくる日、ねこは、今度はカツオを持って来ました。
お爺さんは、ねこを誉めてやりました。マタタビをあげました。

そのまたあくる日、ねこは、今度はでっかいブリを持って来ました。
お爺さんは、ねこを誉めてやりました。マタタビをあげました。
最後に、そのねこは、魚屋のオヤジを持って来ました。

白いエナメルの靴を履《は》いた医者

　ある人妻が医者に相談に行った。

「あのう、私、浮気が治らないんです」

「治らないってどういう事なんですか」

「あのう、たまに外に行って、白いエナメルの靴履いてる人を見ると、ふらふらついて行ってしまうんです」

「その白いエナメルの靴って、いったい何なんですか」

「あれじゃないでしょうか、昔ハリウッドの映画とか、ミュージカル観《み》ていて憧《あこが》れたんじゃないでしょうか。だからどんな顔の人でも、白い靴を履いていると、ふらふらと浮気をしてしまうんです」

　考え込みながら聞いていた医者は、

「それはしょうがないですねえ、色々考えてみましょう。またしばらくしてから様子を見て来てください」

それからしばらく経って、人妻がふたたび医者に行った。

「で、どうしました?」

「ええ、やっぱり病気はその後も治らないんです。この間も白い靴履いてる人にくっついて行ってしまって浮気をしてしまいました」

医者は、また、今度も考え込んで、

「あー、じゃあ、こうしましょう、あなたはしばらく外出しないように。そうすれば大丈夫でしょうから、そしたら三日後にまた来てください」

三日後、人妻が病院に行くと、医者が白いエナメルの靴を履いていた。

紙芝居《かみしばい》

昔、ある男の子が、浦島太郎の紙芝居を観に行きました。

「助けたカメに連れられて、浦島太郎は竜宮城《りゅうぐうじょう》に行きました。そこは、それはそれは絵にも描けない美しさでした」

紙芝居屋のオヤジはそう言いました。でも、見ると、絵には、乙姫《おとひめ》さまやタイやヒラメが踊っているところが描いてあります。

男の子はその事を言いました。

「描いてあるじゃないか!」

紙芝居屋のオヤジが、鬼のような顔をして怒りました。

物真似師《ものまねし》

あるところに、一人の物真似師がいました。

「おい、あんた、物真似、ちょっとやれ」

ある男が、物真似師に言いました。

「私の物真似は商売なんですよ。それは、電気屋の親父に『おーい、テレビ一個くれ』というのと同じ事ですよ。あんたが何の商売をやっているのか知りませんが、あんたのやってる商売のものをください。そしたら芸をやります」

物真似師がそう答えると、男は言いました。

「私は、煎餅《せんべい》屋です」

物真似師は、煎餅屋から煎餅を一枚もらって、物真似を何個もやりました。

ある病人・1

　ある男の人が医者に来て、

「からだがだるいんです」と症状を訴えた。

「肝臓の持病でもありますか」

「いいえ、肝臓は悪くないです」

「あなた、結婚なさっているんですか」

「実は、新婚なんです」

「新婚？」

「奥さんをもらったばっかりという事は、失礼ですけど、性的な関係で夜なべ……というか、夜中じゅうそういう事しているんですか」

「すいません、私、新婚で、うちの女房を愛してて、毎日三回してるんです」

「あのね、いくら新婚でも、毎日三回では体に堪《こた》えると思いますよ。一日一回にしたらいいんじゃないでしょうか」

「一日一回ですか……じゃあ、合間のオナニーは何回したらいいでしょうか？」

ある病人・2

　ある男の人が医者に来て、

「先生、私はそのう、山羊《やぎ》がすごく好きになってしまいまして」と症状を訴えた。

「山羊？」

「そう、山羊を飼っちゃったんです。山羊とセックスしているんです」

「はあ、山羊と……」

　医者は、念の為、尋ねた。

「その山羊ってのは、メスでしょうか、オスでしょうか」

「メスに決まってるじゃないか。俺は変態じゃない！」

自殺の名所

あるところに、自殺の名所がありました。三原山《みはらやま》というところです。

あまりにも本などで有名になり、自殺者が増えた為、新米《しんまい》のお巡《まわ》りさんを遣《や》ることにしました。

自殺者が来たら止めるよう、そう言われた新米のお巡りさんは、それらしい人が来ないかとずっと張り込んでいました。

すると、そこに一人の女の人が現われ、あれ？　と思っていると、いきなり靴を脱いで、三原山に飛び込もうとします。

お巡りさんは凄い勢いですっ飛んで行き、捕まえ、

「お前だろ、ここで毎日自殺してんのは」

思わず、こう言ってしまいました。

隣の国のお話・1

韓国の人気者、張《ちょう》さん、金《きん》さん、朴《ぼく》さん、の三人が日本の人気番組を真似て、テレビ番組を作った。

番組名は　おれたち張、金、朴。

隣の国のお話・2

韓国の男は、玉金の大きさにうるさい、大き過ぎてもいけないし小さくてもいけない、
どっちも出世できない、一番良いのは中くらい。
これを韓国の人々は、金大中と言ってます。

なかなか、

ロシアの民話・1

肉屋に行ったら、肉が無く、客の長い行列ができていた。

農林大臣がやって来て、宣言した。

「これではいかん！　明日にはなんとかしよう」

翌朝、長椅子が置いてあった。

ロシアの民話・2

ある男が、
「スターリンは馬鹿だ！」と言って逮捕された。
逮捕理由は、国家機密漏洩罪《ろうえいざい》だと言う。

なかなか、

天然記念物

「おじさん、日本からトキがいなくなったんだって、中国からトキを輸入してきて、それを一生懸命育ててやっと十羽になったんだって、そのトキの値段は高いものになったんだって」
「それを我々は、〝時《トキ》は金なり〟と言うんだよ」
「おじさん、それからじゃんじゃんじゃんじゃんトキが増えたんだって」
「それを話題にするのを〝一時《トキ》の恥〟と言うんだよ」
「おじさん、トキは日本では貴重な鳥なんだって、中国にはたくさんいるから価値が違うんだって」
「それを我々は〝時《トキ》と場所による〟と言うんだよ」
「おじさん、中国のオスのトキと日本のメスのトキがお見合いしたんだって、そのメスはすぐに交尾したんだって」

「それを我々は〝時《トキ》には娼婦のように〟と言うんだよ」

「おじさん、あるトキの夫婦は、なかなか子供に恵まれないんだって」

「それを我々は〝時《トキ》の流れに身をまかせ〟と言うんだよ」

「おじさん、トキはたまに変なところで発見されたりするんだって」

「それを我々は〝時《トキ》たま〟と言うんだよ」

三つの地獄・1

ある男が、地獄に落ちた。

閻魔《えんま》様がやって来て、

「ここには、三つの地獄がある。最初は炎地獄だ」と説明した。

「それ、どんなのですか」

「見ろ、ああやって磔《はりつけ》にされて、下から焚《た》き火で燃やされるんだ。ほら、熱がってんだろう。熱い熱いって」

「おい、あれ、どうだ?」と聞かれても男は言葉も出て来ません。

「いやあ、あれはちょっと……他にないんですか?」

「良し、次は氷地獄だ」

「何ですか、氷地獄って」

「裸足《はだし》でな、氷の上をぺたぺたぺたぺた冷たい冷たい冷たいって歩くんだ」

「あー、それもちょっと嫌ですね。もう一つ何かないんですか」

「うんこ地獄ってのがあるぞ」

「うんこ地獄ですか？」

「ほら見ろ」

見ると、全員うんこの中から頭出して、タバコを吸っている。

「すると、臭いのさえ我慢すりゃあ、うんこ地獄が一番いいのかな。ここに入ります」

「そーか、良し、この地獄だな」

男が入り、皆と一緒にタバコ吸っていると、鬼が出て来て告げた。

「はい、休憩時間終わり、皆、潜《もぐ》って」

三つの地獄・2

生きているうちに、散々《さんざん》、飲む、打つ、買うをやった悪い奴がいて、あるとき死んでしまった。そこに、閻魔様が出て来て、こう言った。

「いいか、お前は飲む、打つ、買うってそういうのやったな」

「はい」

「でも、地獄に落ちたんだから、ここには色地獄、酒地獄、博打《ばくち》地獄ってのがあるんだぞ。そん中からどれか選べ」と言う。

男が、「見ないとわかんないです」と言うので、閻魔様は三つの地獄を見せてやることにした。

「まず、酒地獄だ。これはな、朝から晩まで体が良かろうと悪くなろうと、とにかく酒を飲むんだ。酒飲まされてぐでんぐでんになるのが酒地獄だ」

「はあ……、じゃあ博打地獄ってのは?」男は尋ねた。

「それはな、朝から晩まで博打でな、負けても負けても博打やらされるんだよ。いくら勝ってもその金は、自分のものにならないんだ。だけど、博打やらされるんだ」

「すると、色地獄ってのは?」

「それはな、モデルみたいに、もの凄いスタイルのいい、色白な奴がな、とにかく横に寝ちゃってな、離してくれないんだ」

「はあ……あのどっちかっつうと、その色地獄にしてくれませんか」

男は決めた。すると、閻魔様、

「そうか、おーい」

そしたら、男が出て来た。

でも、

指切りげんまん

ある下町に、貧乏人の仲良しの子供達がいた。

二人は、その日一日遊び終わり、夕方になると必ず、

「俺達ずっと友達でいような、嘘つくなよ」

そう言って、指切りげんまんをした。

「指切りげんまん、嘘ついたら、針千本飲ーます、指切った！」

その後、二年が過ぎ、お互いに嘘をつく事になってしまった。

もう、昔のように仲の良い友達ではなかった。

ただ、悲しい事に、二人とも相変わらず貧乏で、針千本買うお金が無かった。

でも、

昔話ではよく……2

昔話ではよく、お爺さんは山へ柴刈りに、お婆さんは川へ洗濯にとあるけれど、
この人達はどんな生活してんだ？
それだけで暮らせる裕福なところはあるのか？　働け少しは。

でも、

ガラスの靴

舞踏会の晩、シンデレラが残していったガラスの靴。

これだけを手がかりに、王子さまはシンデレラを探し出そうとしました。

「この靴に合う足の人はいませんか」

王子さまは、シンデレラ恋しさに必死でした。

シンデレラのほうはと言えば、王子さまと別れた後も、こきつかわれる毎日。足がむくんでしまっていました。せっかく、王子さまが持って来てくれた靴を履いても、合うはずがありません。

でも、いじわるなシンデレラの姉の一人は、いつも働きもせず、のほほんとして暮らしていたので、ぴったりと靴に足が合ってしまいました。

竹取物語

お爺さんが竹を切ると、赤ちゃんが出て来ました。かぐや姫です。
それを自分の子供として育てるのは、嬰児《えいじ》誘拐だろう。

でも、

幸せなカモ、不幸なカモ

首に、矢を打たれた、気の毒なカモがいました。
それを見つけた猟師は、カモを助けてやりました。
カモを網で捕まえ、矢を抜き、放してやりました。
そして、村では「良く助けた」とその善意が話題になりました。
その二カ月後、肉屋で、首に穴の開いたカモが売られていました。
矢ガモにとって、どちらが幸せだったのでしょう。

ある病人・3

ある男の人が医者に来て、

「女房が、夢遊病なんです」と相談した。

医者が、

「どうしてそれがわかるんですか」と尋ねると、

「いや、あのう、いつも朝方四時に外で会うんです」

でも、

急に、

身代わりになった犬

ある男の子が、近所に住んでいる、好きな女の子に近づきたいと思った。
仲良くなりたいと思った。
女の子は犬を飼っていた。
男の子は、これは良いきっかけになると思い、自分も犬を飼うことにした。
初めての散歩の日。
女の子と犬が散歩するのを、自分の犬と一緒に後ろからつけて行った。
女の子への下心が顔に出ないよう、何気なく、声をかけようとした。
すると、それより先に、男の子の犬が、女の子の犬の上に乗っかってしまった。

急に、

悲しい出来事

あるところに、亭主思いの奥さんがいました。

亭主は長患《ながわずら》いで入院し、一向に良くなる気配がありません。

奥さんは、亭主の病気が治るまで、毎日神社にお参りしようと決めました。

雨の日も蒸し暑い日も、神社で紐《ひも》をひっぱり鈴を鳴らし、柏手《かしわで》を打ち、毎日毎日通いました。

一年後、亭主はまだ良くなりません。

三年後、亭主はまだ良くなりません。

それでも、奥さんは毎日神社に通い、紐をひっぱり鈴を鳴らし、柏手を打ちました。

そしてある日、鈴が落っこち、奥さんの頭にあたり、奥さんは死んでしまいました。

急に、

罰あたり

ある寺の釣鐘《つりがね》の下で、子供たちが遊んでいました。

そこに、お坊さんがやって来て、

「ここで遊んじゃダメだよ。危ないからね。いいかい、遊んじゃダメだよ」

いたずらっ子の子供達は、笑いながら答えました。

「うん、もう遊ばない」

その嘘を見破ったお坊さんが、

「いいかい、お前達、この釣鐘の下で嘘をつくと、頭の上から釣鐘が……」

お坊さんの上に落っこちてきました。

急に、

真実の花嫁

ある子供が、結婚式に出席しました。

その子は、小さな頃から、親に童話を読んでもらい、中でも、アンデルセンの『裸の王様』が大好きでした。

一人の子供が「王様は裸だ」と言って、皆が我に返ったという話です。

その結婚式で、招待客は口々に、

「なんて綺麗な花嫁さんなんでしょう」

そう言っていましたが、その子供が一言、

「ブスじゃん」

皆が我に返りました。

急に、

宝くじで一億当たった男

ある男に一億円の宝くじが当たった。

その事に先に気がついたのは、男の妻だった。

妻は、宝くじが当たったなんて分かったら、あの人は心臓麻痺で死んでしまうと思い心配した。

そこで、かかりつけの医者に相談したところ、その医者は、

「私に任せておきなさい。何気なく、うまく、ショックを与えないようにやりますよ」と請《う》け負《お》った。

その男が医者に行き、色々話しているうちに、医者が話題を変えた。

「……この間、宝くじを買ったんだけどね」

その男は、

「へえ、そうですか」と言った。

「それ当たったら、どうしようかと悩んでるんだけど……」医者がそう言うと、男は、

「先生、当たるわけないじゃないですか、一億なんて。そういえば私も買いましたよ。宝くじ」

「ああ、買ったのかね。そのう、もしもだよ、君は宝くじに当たったらどうするんだね」

医者は男に尋ねた。

「そんなもん、もし当たったら先生にあげますよ、そんな金」

と言ったら、医者が死んじゃった。

仲良し

昔、あるところに仲の悪い爺さんと婆さんが住んでいました。
二人の家は隣り同士なのに口もききませんでした。
村長が二人の間に入り、二人を仲良くさせました。
二人は急に仲良くなり、数日後、心中しました。

お前ら誰の子だ

交通事故で父親が入院、手術の時、子供五人集まって、輸血する事になった。
しかし、子供全員父親とは血液型が違っていた。
それを聞いた、父親はショックで死んだ。

逆転優勝

あるところで、一番汚《きたな》い事した人が優勝するという、「世界汚い大会」が行われました。人の鼻をストローですすっても良いし、うんちをどうのこうのしても良いのです。

とにかく、汚い事をした人が勝ちです。

とうとう優勝者が決まり、表彰式が始まりました。その優勝者は、自分のやった事があまりにも汚かった為、思わず壇上から、表彰式を見ている人たちに向かって吐いてしまいました。

「おっと、もったいない」

観客席にいるある男が、優勝者の吐いたものを飲み込みました。

逆転優勝。

急に、

可愛いピーちゃん

ある娘が、縁日でカラーひよこを買って、

「ピーちゃん、ピーちゃん」と可愛がっていた。

けれど、いつの間にか、そのひよこは、普通のニワトリのオスになってしまった。

そのときには、もう娘もピーちゃんを相手にしなくなり、代わってお父さんが面倒見る事になった。

そんなある日、娘が学校から帰ってくると、ピーちゃんは鶏鍋《とりなべ》になっていた。

娘は、

「あー美味しい」と言いながら、お代わりした。

急に、

危ない説明会

テロリストが、仲間を集め、新型爆弾の説明を始めた。

そのリーダーが、

「この爆弾を渡された相手は、〝なんだこれ〟と言った瞬間……」

ドン！

皆吹っ飛びました。

天国の小《こ》噺《ばなし》

あのよ（世）～。

作／ビートキヨシさん

世界馬鹿大会

ある村で、誰が一番馬鹿なのか決めよう、という事になりました。

「お前んちでやろう」

「いや、俺んちでやろう」

「旅館でもとるか」

「いや、それじゃあ、金かかる」

「だったら、どこでやろうか?」

村人たちが相談したところ、

「そうだ、村長の家でやろう」

という事になり、さっそく皆で村長の家に行きました。

「村長、村で誰が一番馬鹿かを決める馬鹿大会をやりたいので、家貸してください」

そう言ったら、

「お前ら、俺を馬鹿にしているのか」

そして、村長が優勝しました。

ベテランキャッチャー

あるベテランキャッチャーがいた。

噂によると、凄く優しく人情があるキャッチャーだという。

そのキャッチャーのいるチームと、ある新人選手のいるチームが試合することになった。

新人選手がバッターボックスに立つ、するとそのキャッチャーが、

「おい、プロ野球で初めての打席だろ」と声をかけた。

「はい、そうです」

「大変だなあ、頑張れよ。今日、家族観に来てるんだろ」

「はい、そうです、親父もお袋も皆来てくれてます」

「そうかあ、お前のデビュー戦だからなあ。よし、良いこと教えてやろう。次の球ストレートだからそれ思い切り打て、親孝行してあげな。親は心配なんだから」

新人選手は、

「ありがとうございます」と言って構えた。

ピッチャーが球を投げると、凄いカーブ。新人選手が凄い空振りをすると、キャッチャーが一言。

「馬鹿」

かもわかんない。

三人の偉人

ある飲み屋のオヤジが客に話しかけた。

「山田さん、最近どうです?」

「誰が山田さんだ!」と山田さんが怒り出した。

「山田さんでしょ」オヤジが言うと、

「馬鹿もの、私はあれだよ、総理大臣だよ。山田総理と言いなさい」と訂正した。

「山田総理……まあ、良いでしょう、じゃあ、山田総理最近どうです?」と聞き直した。

「元気だ」

「元気ですか、まいっか」

オヤジは気を取り直し、二人目の客に聞いた。

「木村さんは、ここんとこ、どうです?」

「木村さんって何だ、私は松下幸之助だよ」今度は木村さんが怒り出した。

「誰がそんな事決めたんですか？」

オヤジが尋ねると、木村さんは、自信満々に答えた。

「それは神様だよ」

「神様!?」

するとと隣にいた、もう一人の客が、

「私はそんな事を決めた覚えはない」とおごそかに告げた。

運動会

運動会の日、太郎くんは、浮かない顔をしていた。

一年から五年まで、いつも友達の良夫くんに、かけっこで勝った事が無かったからだ。

母親に、

「太郎、お前、何浮かない顔してんだ」と聞かれ、

「かけっこで良夫くんに勝った事が無い」と言うと、
母親は、

「頑張れば勝てる」そう言って励ました。

太郎くんは、

「だめだよ、良夫くんには、逆立ちしても勝てない」と俯《うつむ》いた。

そのとき、横にいた父親が口を挟《はさ》んだ。

「当たり前じゃねえか、ただでも勝てないのに、逆立ちしたら、かけっこだもの、余計勝

てねえ」

ポルシェの価値

あるところに、ポルシェが欲しい欲しいと思っていた男がいました。

男は、やっとお金を貯め、ポルシェを買いました。

確かに、俺はこの車が欲しかったんだと、長いこと外から車を眺め、とうとう乗ってみました。

でも、車に乗ったとたん、その車が全然見えなくなりました。

男は、俺は今、本当にポルシェに乗ってんのか？　と疑問に思い始めました。

しょうがないって言うんで、車をショーウィンドウの前につけ、自分が運転席に座っているところを見てみる事にしました。

今度は、走っている車ではなく、止まっている車に座っている自分の姿しか見えません。

男は思いました。

俺が見たいのは、走っているポルシェを運転している自分の姿だと。

しょうがないって言うんで、今度は友達を呼んで来て、ポルシェを運転させ、自分はタクシーで後ろを追いかけました。

あーいい車だ、男は思いました。でも、俺は運転してない。

タクシーの運転手が、

「あれは、あんたの車ですか?」と尋ねるので、男は胸を張って答えました。

「そうだよ、俺の車だよ」

「なんで、自分の車なのに乗らないんですか」

「見たいんだ」

「変な人ですね」

友達が、ポルシェから降りて来て、男に言いました。

「凄い車だったよ」

「良かったろ?」

「良かった」

男は思いました。

自分が運転しているときは、ポルシェの格好良さは見えないけれど、他人が運転しているときには見えるんだなあと。

結局、ポルシェの価値って何なんだろう?

傍観者

神様が、ある男に、もの凄く高い車をあげようと言いました。

「ただし、絶対に人前では乗ってはいけないよ。乗るときには、誰もいない田舎の道を、深夜走るだけ。それが守れるならあげよう」

という条件付きです。

男は、それでも喜んでもらいました。そして、神様の言いつけを守りました。

けれど、誰も男が高級車に乗っている事を知りません。

その格好良さを知っている人は誰もいません。

究極の選択

救急車が、重傷者の出た交通事故現場に向かう途中、人を撥《は》ねてしまった。
救急車は、どちらを優先させるのだろう?

火事と泥棒

ダンカンが家に帰ったら、泥棒がいた。

「泥棒〜」

と叫んでも、近所の人は誰も出て来なかった。今度は試しに、

「火事だ〜」

と叫んだら、全員飛び出してきた。

人間なんて、そんなもんか？

悪魔の辞典

おんせん　【温泉】 老齢の人が何人来るかで決まるもので、若い男女が来ても温泉とは言わない。

ラブホテル　【Love Hotel】 家に帰れるのに、そのホテルを使う男女が言うホテルを言うのであって、地方から出て来て泊まる場合には、ただ、ホテルと言う。

りょかん　【旅館】 入り口で靴を脱がなくてはいけないところ。

みんしゅく　【民宿】 安さにかこつけてその宿の経営者に人生論を垂れられるところ。

ペンション　【Pension】 赤の他人と友達の振りして食事をしなければならないところ。

しょくどう　【食堂】ショーケースの中に、カツ丼の隣にスパゲッティが置いてあるところ。

レストラン　【Restaurant】お子様ランチに旗が立っているところ。

ファミレス　【Family Restaurant】うるさい子供を見ながら、いろいろなものを頼むところ。

やたい　【屋台】オヤジのトイレについて誰も意識していないところ。

桃太郎

暑い日の事でした。

桃太郎が鬼退治に向かう途中、

「桃太郎さん、あんたについてくよ」

犬とサルとキジがやって来ました。彼らには、キビ団子《だんご》が与えられました。

さらに、桃太郎とそのお供たちが歩いて行くと、豚がやって来ました。

「桃太郎さん、私もあんたについてくよ」

豚にも、キビ団子が与えられました。

しばらくすると、犬とサルとキジはお腹が痛くなり、次々と道に倒れました。

キビ団子は、暑さのせいですっかり腐っていたのです。

後には、豚だけが残りました。

ワシントンの右手には

　校長先生が、
「桜の木を切ったのは誰だ?」と言うと、ワシントンが、
「僕がやりました」と告白した。
　校長先生は、
「正直に言ったからお前を許す」と言った。

　この話は嘘です。
あのとき、ワシントンはまだ右手に斧《おの》を持っていたのです。だから、校長先生は許してしまった、それだけの事です。

曖昧《あいまい》な一線

ある間抜けな社長が、バブルのときに別荘を建てようと思った。
その為、土地探しに不動産屋を訪ねた。
「どんなところがいいですか?」不動産屋は尋ねた。
「海辺が良い」社長は答えた。
希望どおり、海辺の別荘地が安く手に入ったので、翌日家族を連れ、見に行った。
その土地は、無かった。
どうしたんだと思い、不動産屋に聞いたところ、
「あー、昨日は干潮で、今日は満潮なんですよ」

かもわかんない。

プラトニック夫婦

ある男と女が結婚した。

それから時が経ち、お互いに凄く好きなのに、自分の体の針が邪魔し、相手を抱きしめる事ができず、親密になれない事に気がついた。

近づけば、傷つけてしまう、傷つけられる事もあるからだ。

それが夫婦のプラトニックの始まりか。

かもわかんない。

ポツンと、

デジャ・ヴュ

ある、月夜が美しい晩の事です。

女が夜景を見ながら、

「ねえ、あんた、前に二人でここに来たような気がしない?」

男は、

「うん、二、三分前に二人でここに来て夜空を見た気はするよ」と答えました。

野良犬

毎朝、サラリーマンが会社に行く途中に、野良犬がいた。

「わん！」

犬がうれしそうに吠《ほ》えると、サラリーマンは、

「うるせえ」

と犬を叩いたり蹴《け》ったりした。

毎日、それは繰り返された。

あるときから、サラリーマンは諦《あきら》め、犬を無視するようになった。

野良犬は、なぜ怒ってくれないんだろう、と思い、凄く悲しい顔をした。

それだけの事

よく言われているのは、「芸人は親の死に目に会えない」という事です。

それは違います。

親が死んでも平気で芸をやって、その後で、親の通夜や葬式に駆けつけるのが芸人であって、情の無い人達が芸人をやっている、それだけの事です。

蛍の光、窓の雪

蛍の光、窓の雪、文読む月日……夏と冬しか勉強してないじゃないかって。

七つの子

カラスなぜ鳴くの……かわいい七つの子があるからよ……すると、銀座にいるカラス、あの七倍はいるのかって。

また、

足自慢

町内に泥棒が入り、気がつかれて大騒ぎ、その泥棒、足が速くなかなか捕まんない、
そこに、町で有名な足自慢のヤッサンが、「俺が捕まえてやる」と走り出した。
皆が見ていると、泥棒が町の周りをぐるぐる回って逃げ出した。
追うヤッサン、でもいつまで経っても捕まえられない。
しばらく見ていると、泥棒が行き過ぎた後、ヤッサンがふらふら追ってくる。
町の人が、
「おい、ヤッサン、お前足速いって聞いたけど遅いじゃねえか」と言うと、
ヤッサン、
「バカヤロウ、俺はもう二周も抜いてる」

また、

上には上

ある悪人が、地獄に落ちました。

閻魔様は、その男を自分の前に呼び、これまでの悪行《あくぎょう》をえんえんと並べたてました。

「お前は、生きている間にこれだけ悪い事したんだ。人を殺し、盗み、騙《だま》し……」

するとその悪人は、

「だからなんだ、こんな事が悪だと思ってるのか、もっと悪い事してやるぞ」

それを聞いた閻魔様と鬼たちは、その男に向かって頼んだのです。

「兄貴、弟子にしてください」

また、

北風も太陽も

北風と太陽が、言い争いをしていました。

「いったい、どちらのほうが力があるか」と。

そのとき、どこからともなく一人の旅人が歩いて来ました。

女の子でした。

これは、勝敗を決めるのには、いい機会だ、という事になりました。女の子の洋服を全部脱がせる事にしたのです。

北風がビュービュー強い風を吹いても、女の子は洋服をさらに強く身にまといます。

今度は、太陽がジリジリ照りつけます。女の子は平気な顔をしています。

すると、向こうから一人のおじさんが歩いて来ました。

そのおじさんが出した、三万円を見た女の子は、パンツまで脱いでしまいました。

また、

童話チャンチャカ

昔々、ある地方で大雨が降りましたが、いつものようにお爺さんは山に柴刈りに、お婆さんは川に洗濯に行きました。川は増水して流れも急でした。

すると、川上から大きな桃が凄い勢いで流れて来ました。

お婆さんは止《よ》せば良いのに桃を拾おうとしました、しかし足が滑って川に落ち、桃につかまって川下に流れて行きました、後ろからかぐや姫と爺さんが太い光っている竹につかまって流れて来ました、それからはいろんな者が流れて来ました。

亀の背中に乗ったウサギ、玉手箱につかまっているジジイの浦島太郎、大きな葛篭《つづら》に乗っている舌切り婆さん、ほっぺのこぶで浮いているこぶとり爺さん、ツルはハタオリの道具につかまって（飛べば良いのに）、金太郎は熊を踏み台にして水から顔を出していました、途中の水没した桜の木にはポチと花咲爺《はなさかじい》さん、柿の木にはサルとカニ、また柿の木には豆の木が巻きついてジャックがぶら下がっていました、でも足長おじさんは平気で水の中に立っていました。

　そのわきをリンゴにつかまった白雪姫、かぼちゃにつかまったシンデレラと魔法使い（なんで魔法使いが溺《おぼ》れるんだ）、七個のマッチの箱の中には小人が一人ずつ、でも少女は一寸ぼうしのおわんに無理に乗っていました、バイオリンの上にはアリとキリギリスが仲良く乗っていました。

　そして、桃は遂《つい》に太平洋に出てしまいました。

　何年か過ぎ、桃は名も知らない遠き島の砂浜に落ちていました、そこに散歩に来たパプアニューギニアの婆さんがそれを拾おうとして高波にさらわれました、桃につかまって婆さんがある島に辿《たど》りつくと、そこにロビンソークルーソーがいました、そしてチルチルミチルがピーターーパンとやって来て、少女が寝てるからそおっと見に行こう、「でも顔を見ちゃだめ少女が目覚めてこっちと目が合ったら石になっちゃうよ」と言われ鉄の仮面をつけました、仮面をつけたとたんセーラームーンが〜〜〜ああタキシード仮面さま〜〜〜めでたしめでたし。

よく寝られる童話集　作／ドイツジン作家アルツ・ハイマー

また、

そして、おまけ。

大人の問題集・1　旅人算

問

西から東に時速八五km、東から西に時速九五kmで走る電車がそれぞれ同時にスタートします。西から東、二八〇kmの地点には〇〇川があり、東から西に三六〇kmの地点には△△橋がかかっていて、西から東に三四〇kmのところには□□駅があります。

さて、二つの電車はどの地点で出合うでしょうか。

答

線路の上。

大人の問題集・2　鶴亀算

問

先生「塀《へい》の向こうには、鶴と亀が一五匹います。足の数は合計で五〇本見えます。さて、鶴と亀は何匹ずついるでしょうか」

答

生徒「先生、塀の下に足が見えるんでしょ？　数えればいいじゃん。鶴と亀の足くらいわかるよ」

大人の問題集・3　読解力

問

これはある作家の書いた日記です。

この日記の作者は何を言いたいのでしょうか。簡潔にまとめなさい。

私は昭和一〇年に生まれた。少年時代はまさに日本が太平洋戦争真っ最中の時代であった。私の親父も兄貴も、フィリピンやガダルカナルで死んでいったが、私は運良く幼かったために徴兵《ちょうへい》されず、こうして戦後の日本経済が復興していく様を見ることができた。

しかし、ふと思うのは、戦争というものがいかに悲しいか……ということに尽きる。そして、親父と兄貴が生きていたら、今の日本経済の高度成長を愉《たの》しんだだろうにと思うばかりだ。

それと同時に、手放しでは喜べない面が言うまでもなくある。

戦後のこうした日本の高度成長は、さまざまな自然破壊や公害とも無縁ではなかったのだから。そして、それはこれからも人間が生きている限り背中あわせに存在していくものなのだろうか。それが唯一の心配と懸念されることではある。

でも、それでも、親父と兄貴は生きていたかったのではないか。

それが、毎年八月になると、今なお、私の心を占有するのだ。

答

私は昭和一〇年に生まれた。少年時代はまさに日本が太平洋戦争真っ最中の時代であった。私の親父も兄貴も、フィリピンやガダルカナルで死んでいったが、私は運良く幼かったために徴兵《ちょうへい》されず、こうして戦後の日本経済が復興していく様を見ることができた。

しかし、ふと思うのは、戦争というものがいかに悲しいか……ということに尽きる。そして、親父と兄貴が生きていたら、今の日本経済の高度成長を愉《たの》しんだだろうにと思うばかりだ。

それと同時に、手放しでは喜べない面が言うまでもなくある。

戦後のこうした日本の高度成長は、さまざまな自然破壊や公害とも無縁ではなかったのだから。そして、それはこれからも人間が生きている限り背中あわせに存在していくものなのだろうか。それが唯一の心配と懸念されることではある。

でも、それでも、親父と兄貴は生きていたかったのではないか。

それが、毎年八月になると、今なお、私の心を占有するのだ。

大人の問題集・4　仕事算

問

ある川に、トラとライオンとシマウマがいて、一人の船頭と一艘《いっそう》の船があります。そのすべてを向こう岸に運ばなくてはなりません。ただし、トラとライオンは、その船頭がいないとシマウマを食ってしまいます。一艘の船には一頭しか乗せられません。

最短で何回行ったり来たり往復すれば三頭とも運べるでしょうか?

答

最初にライオンとトラを殺せば、二往復半ですむ。

解説——最初にシマウマを運び、向こう岸に置き、空《から》で帰ってくる。ライオンを乗せて行き、シマウマを乗せて帰ってきて、置き、トラを乗せて空で帰ってきて、シマウマを乗せて行く。となると、三往復半。

何も生かして運ばないといけないとは言っていないので、最短でとなると、答えは二往復半。

大人の問題集・5　語彙力

問

首都高の用賀から、高速道路を真っ直ぐに大阪に向かって一時間後、車はどの辺にいるでしょうか。

答

すぐぶつかる。

解説――真っ直ぐの道路なんかありません。

大人の問題集・6　混合算

問　次の計算をしなさい。

$$\{1+19+20-4-35+2\times10-10\times1+5\times2+100\div50+9\times3+(10-9)+(\sqrt{9}+\sqrt{16})-15\times6+23-18+3+(\sqrt{100}+\sqrt{100})+5+2+8-5-2-8+350\times1\div10\times(18-16)\div1+88\times5+(10\times2+5-24)+1000-(119+1)-2+777-555+(\sqrt{64}\times\sqrt{1})-2001+2001-(1947-1946)-32+34+36-39+42-2-52+53+21+17\times1+55-2+10+(4\times5)\times2\div12+(1\times1)+10+20+30+40+50+60+70+80+90+100\}$$

×0=

答

0

本書は二〇〇一年十二月、小社より『ビートたけし童話集　路に落ちてた月』として四六版で発行された作品を文庫化したものです。

装画　ビートたけし
ブックデザイン　鈴木成一デザイン室

路に落ちてた月

一〇〇字書評

切り取り線

購買動機（新聞、雑誌名を記入するか、あるいは○をつけてください）	
□（　　　　　　　　　　　　）の広告を見て	
□（　　　　　　　　　　　　）の書評を見て	
□ 知人のすすめで	□ タイトルに惹かれて
□ カバーがよかったから	□ 内容が面白そうだから
□ 好きな作家だから	□ 好きな分野の本だから

●最近、最も感銘を受けた作品名をお書きください

●あなたのお好きな作家名をお書きください

●その他、ご要望がありましたらお書きください

住所	〒				
氏名		職業		年齢	
新刊情報等のパソコンメール配信を 希望する・しない	Eメール	※携帯には配信できません			

あなたにお願い

この本をお読みになって、どんな感想をお持ちでしょうか。

この「一〇〇字書評」を私までいただけたらありがたく存じます。今後の企画の参考にさせていただきます。

あなたの「一〇〇字書評」は新聞・雑誌などを通じて紹介させていただくことがあります。そして、その場合はお礼として、特製図書カードを差し上げます。

前頁の原稿用紙に書評をお書きのうえ、このページを切りとり、左記へお送りください。住所は不要です。Eメールでもお受けいたします。

〒一〇一‐八七〇一
祥伝社黄金文庫　書評係
ohgon@shodensha.co.jp

祥伝社黄金文庫

祥伝社黄金文庫　創刊のことば

「小さくとも輝く知性」――祥伝社黄金文庫はいつの時代にあっても、きらりと光る個性を主張していきます。

真に人間的な価値とは何か、を求めるノン・ブックシリーズの子どもとしてスタートした祥伝社文庫ノンフィクションは、創刊15年を機に、祥伝社黄金文庫として新たな出発をいたします。「豊かで深い知恵と勇気」「大いなる人生の楽しみ」を追求するのが新シリーズの目的です。小さい身なりでも堂々と前進していきます。

黄金文庫をご愛読いただき、ご意見ご希望を編集部までお寄せくださいますよう、お願いいたします。

平成12年(2000年) 2月1日　　祥伝社黄金文庫　編集部

ビートたけし童《どう》話集《わしゅう》　路《みち》に落《お》ちてた月《つき》

平成16年6月20日　初版第1刷発行

著　者　ビートたけし

発行者　深澤健一

発行所　祥《しょう》伝《でん》社《しゃ》
東京都千代田区神田神保町3-6-5
九段尚学ビル　〒101-8701
☎03 (3265) 2081 (販売部)
☎03 (3265) 1084 (編集部)
☎03 (3265) 3622 (業務部)

印刷所　萩原印刷

製本所　関川製本

ISBN4-396-31349-7　C0195

祥伝社のホームページ・http://www.shodensha.co.jp/